LA GUERRE.

1792.

EXTRAIT DES POEMES INÉDITS

DE JUELLER.

PARIS,

LIBRAIRIE DE BOHAIRE,

Boulevard des Italiens, 10.

—

1840.

Y

LA GUERRE.

1792.

Typographie de Firmin Didot Frères,
rue Jacob, 56.

LA GUERRE.

1792.

EXTRAIT DES POEMES INÉDITS

DE JUELLER.

PARIS,

LIBRAIRIE DE BOHAIRE,

Boulevard des Italiens, 10.

1840.

Jamais la France n'a été émue d'un enthousiasme plus sublime qu'en 1792. Cet élan belliqueux qui sauva notre belle révolution et notre indépendance, frappa le sol avec l'instantanéité de l'étincelle électrique. De toutes parts le pays envoya ses enfants servir de rempart à l'ennemi ; on arma, on se fortifia : fabriques, arsenaux, poudrières, fonderies, ateliers, tout fut mis en œuvre, car il s'agissait de défendre la liberté et la nationalité.

Aujourd'hui notre position offre une grande analogie avec celle d'alors. Des puissances étrangères, coalisées contre la France, attaquent en Orient et notre honneur et nos intérêts. Nous ne serions pas évidemment maîtres de nos destinées comme peuple, si nous laissions sans réparation l'injure qui vient de nous être adressée, si nous ne veillions à l'intégrité de notre territoire jusque sur les bords du Nil et de la mer Rouge.

Le danger de la situation, la similitude des circonstances, l'amour de mon pays, m'ont déterminé à publier une pièce de poésie composée, il y a deux ans, sur des souvenirs de mon enfance, lorsque, à un âge où les idées ne sont point encore bien précises, l'activité qui se déployait autour de moi excitait et ma curiosité et mon admiration.

Je tiens peu à mes vers ; mais si la guerre avait lieu, puissent-ils relever contre l'étranger le courage abattu d'un seul de mes compatriotes, et je serai heureux !

Paris, 15 octobre 1840.

LA GUERRE.

1792.

J'aime les vieux tableaux et les vieilles images ;
J'aime à me faire acteur des drames du passé,
A tourner le feuillet au livre usé des âges,
Ce trésor, jour par jour, longuement amassé ;
J'aime surtout les faits et gestes de nos pères,
Et je me sens pour eux saisi d'un saint respect
Et d'une piété grande, au vénérable aspect
De leurs jours si remplis d'héroïques misères.
Quand j'arrive à ces temps, si rapprochés de nous,
Et si gros d'intérêts qui nous sont chers à tous,
Que, la main sur le livre, on n'en suit plus l'histoire
Qu'avec les yeux ouverts de la seule mémoire ;

Quand je touche à la fin de ce siècle géant

D'où j'ai pris mon départ avec mes pieds d'enfant,

Alors l'émotion qui me prend est si forte,

Que je n'en suis plus maître : à mon front grisonnant

Je sens monter du cœur tout mon sang bouillonnant,

Et je suis ma pensée où la folle m'emporte.

Alors je joue un rôle ; et plus le drame est beau,

Plus, dans ma fièvre ardente, en héros je m'habille.

Je monte à la tribune, où je suis Mirabeau ;

Ou bien je me fais peuple, et je prends la Bastille ;

Ou bien, montant toujours, je me fais Dieu, je croi,

Et la foudre à la main, je vais sauver le roi.

Que si je m'en reviens d'illusions si douces,

Du sublime je passe à l'attendrissement,

Je songe à mes parents en ces temps de secousses,

Et je vis de leur vie et de leur dévoûment.

Avec eux, plein d'horreur, sur la place publique,

Pour l'échafaud qui trône et son sanglant couteau,

Je brûle de jeter contre la république

Mon bras dans un combat, ou ma tête au bourreau !

Mais que, sous la terreur d'excès que je déteste,
Me prenne de Brunswick l'insolent manifeste,
C'est alors que je sens monter à mon cerveau
Les flots de la colère!... alors qu'à leur tumulte
Je sens, je sens le cœur me battre sous la peau,
Sa fibre chatouilleuse et sensible à l'insulte!
Je n'y tiens plus ; je pars. Au bivouac, dans les camps,
Dans la cité qui gronde, où la guerre s'apprête,
Je pousse ma fortune au vent de la tempête ;
Et me voilà battu des orages du temps.

— Salut, mon vieux ! quelle nouvelle?
La bombe enfin éclate-t-elle?

— Non; mais la mèche brûle. Il se peut, en effet,
Qu'à faire explosion elle ne tarde guère.
A tout événement il faut se tenir prêt :
Le vent souffle en diable à la guerre

— Alors nous prendrons le mousquet.

— La guerre? vous l'aurez, mes braves! La marmaille
De nos faubourgs, la fronde et des pierres aux mains,
    Sans pitié joue à la bataille.
Quelle rage la pousse à ces jeux inhumains?
    Penseriez-vous, par aventures,
Que l'oiseau de la paix soit celui qui la mord?
Croyez-moi, ce sont là de sinistres augures :
    Elle a déjà relevé plus d'un mort.
La guerre, mais elle est sur ces pâles visages,
Qui, promenant la faim et leur soif de carnages,
S'en vont aux boutiquiers demander du travail,
Comme feraient des loups qui flairent un bercail.
    La guerre! elle est dans ces cohues,
Dans ces groupes bavards, rouges d'émotions,
D'ouvriers et bourgeois qui font des motions
    Et couvrent le pavé des rues.
Et d'ailleurs vos discours sont-ils pas des combats?
La guerre! elle est vivante en vos sanglants débats;

Elle est partout, puisqu'il faut vous le dire :
Dans cet air chaud et pesant qu'on respire ;
Dans votre folle ardeur de marcher en avant ;
Dans cette odeur de poudre enivrante et lointaine
Qui nous vient sur l'aile du vent
De la Champagne et de Lorraine.
N'en doutez plus, elle est dans ces courriers
Que vous voyez arriver ventre à terre,
Brûlant la route et couverts de poussière,
Les éperons aux flancs de leurs coursiers !

— Que faites-vous donc là, vous autres ?
Est-ce que vous n'entendez pas
Le canon tonner là-bas ?
Mais on se bat ! on égorge les nôtres !
Et vous vous croisez les bras ! ! !

La coalition a passé les frontières
Aux remparts de Longwy, lâchement défendu,
De Longwy qui s'est rendu !

Les aigles noirs ont planté leurs bannières.
Ils viennent! et Brunswick, en son mépris pour vous,
   Et sa superbe ou sa démence,
  Vous fait savoir qu'il vous passera tous
  Au fil du sabre, à moins qu'à deux genoux
  Vous n'imploriez quartier de sa clémence.
Et vous délibérez? vous restez là surpris
   Sans manifester plus d'alarmes!
  Vous écoutez encor! Paris, Paris
   N'a-t-il plus d'entrailles?... Aux armes!!!

La foudre était tombée. Un sourd frémissement,
  Suivi d'un rauque et long mugissement,
  Comme celui d'un océan qui gronde,
De la foule annonça la secousse profonde.

   Un cri de guerre fut jeté,
Un cri par mille échos mille fois répété!

C'était la grande voix du peuple, mâle et belle,
  Qui s'élevait vibrante et solennelle,
  Comme en ses jours d'indomptable fierté,
    De réveil et de liberté,
      Quand elle appelle !

  La voix du peuple ardent à s'enflammer,
Dont le généreux sang venait de s'allumer
A ce coup de tonnerre, au sein de ses alarmes,
    Échappé de la main de Dieu,
    Sous cette parole de feu :
      Aux armes ! ! !

  Des armes !...
        Vous n'en avez pas ?
Vous en aurez, fallût-il des miracles !
La nation vaincra tous les obstacles
Qu'un perfide vouloir a semés sur ses pas.

Ah! vous manquez de tout? Au moment de combattre,

Vos ongles sont coupés ; et l'on croit vous abattre !

Mais ils repousseront!... Nous savons les moyens

De les faire paraître aux heures favorables,

    Plus aigus et plus redoutables.

    Laissez venir!... Levez-vous citoyens !

Levez-vous résolus, et faites voir au monde

En inspirations si la France est féconde !

Partez, aiglons ! prenez vos sublimes élans !

    Allez, enfants de la patrie ;

Aux housards de la mort, aux pandours, aux hulans,

    Répondez par votre énergie :

    Comme la lave des volcans,

Sur le sol embrasé, qu'elle coule brûlante,

    Irrésistible, dévorante ;

Qu'elle coule à pleins bords, qu'elle coule à torrents !

La spontanéité du courage l'atteste.

Aux drapeaux! aux drapeaux! et des armes... plus tard!...

Serrez vos rangs d'abord ; faites-en un rempart

A vos frères... Mourez!... et nous ferons le reste !

Les temps des discours sont passés,
Surtout ceux des discours frivoles.
Dans les camps, avocats! portez-y vos paroles,
Portez leur flamme aux cœurs tièdes, froids ou glacés.
Du pain de l'éloquence, allez, nouveaux apôtres,
Dans leurs privations fortifier les nôtres.
Farouches proconsuls, impassibles soldats,
Sous une main de fer serrez la discipline;
De la victoire implantez la doctrine;
L'esprit de Dieu n'est plus que celui des combats.
Montrez que la parole est bonne à quelque chose.
S'il le faut, précédés du glaive de la loi,
Imprimez la terreur et la nouvelle foi;
Vous n'aurez jamais plus une aussi large cause.
Ralliez le fuyard au drapeau déserté.
Dans votre zèle ardent, infatigable, agile,
Parlez, fanatisez; prêchez notre Évangile
Sur ce texte sacré: Liberté! liberté!
Allez: payez d'exemple et travaillez! vous êtes
Les grands prêtres du jour et les nouveaux prophètes.

A vous, savants! prenez un étendard :
    La patrie attend vos services.
    Au partage des sacrifices
    Il faut que chacun ait sa part.
La vôtre peut encor se montrer glorieuse;
Car votre activité deviendra fabuleuse.
    Alerte donc! creusez-vous le cerveau;
Pâlissez au travail; supputez nos ressources;
De la veille nocturne allumez le flambeau;
    Du génie ouvrez-nous les sources.
La lampe du savoir est aux mains des mineurs.
A l'esprit de routine enfoncé dans l'ornière,
Pour le salut de tous portez votre lumière.
Improvisez le cuir dans la fosse aux tanneurs.
Faites vite : il nous faut des harnais et des selles,
Des gibernes, des sacs. Il nous faut des souliers;
Nous nous battons pieds nus. Créez des ateliers.
    Toutes lenteurs, lenteurs mortelles!
Il nous faut des fusils, faites-en par milliers!
    Tracez des plans; armez des batteries;

Si des boulets... si des canons...
Prenez la fonte aux chéneaux des maisons ;
Du haut des tours, jetez aux fonderies
Le plomb de la gouttière et l'airain du bourdon.
Broyez, pulvérisez le soufre et le charbon.
Aux caves ! attaquez le sol et les murailles ;
Arrachez le salpêtre à leurs noires entrailles !
De la poudre ! du plomb ! du fer ! ou vos remparts,
Vos carrés ne sont plus que des géants sans âmes.

Qu'aux mains des enfants, des vieillards,
Et des fortes parmi nos femmes,
Surgissent des forêts de piques et de dards !
Que la terre jette des flammes !!!

A nous les tabliers de peau !
A nous l'enclume et le marteau !
Noirs enfants d'Antoine et Marceau
Au teint de bronze et de basalte,
A l'œuvre ! dépêchons un peu.
Qu'on mette la branloire en jeu.

Qu'on jette des barres au feu !

A la forge ! le cœur s'exalte

Au vent du soufflet qui mugit

Dans sa gueule en feu qui rugit

Quand la barre chauffe et rougit.

   Chauffez blanc ! hardi !... Halte.

L'enclume attend. Le fer s'est fait tison ardent.

Laissez-le se ployer, se recourber, se tordre

   Et glisser rouge serpent :

   Vos tenailles ont pour le mordre

   Leur impitoyable dent.

Gare à vous ! étreignez dans vos pinces cruelles,

   Serrez le monstre frémissant.

Il vous jette sa bave en gerbes d'étincelles :

Sous les coups répétés du marteau bondissant,

   C'est la cervelle de la bête

   Dont vous aplatissez la tête,

   Qui vous inonde en jaillissant.

   A l'œuvre, la panne et la tranche !

Taille, estoc du serrurier,
L'arme du forgeron vaut celle du guerrier.
A l'œuvre, la masse au long manche !
Fendez l'air, tombez d'aplomb.
De la vipère pâlissante
La crête rouge sang se dresse menaçante :
Écrasez-la comme du plomb.
Tapez dur, battez chaud, de la mesure, ensemble !
Frappez fort ! que le sol en tremble !
Hardi ! les bras gonflés sont lourds.
En sursaut réveillez les sourds !
Actifs ! noirs enfants des faubourgs
Au teint de bronze et de basalte ;
Actifs ! la Bièvre et l'Arsenal,
Compagnons du corps infernal,
Miliciens du bacchanal !
A l'enclume ! le cœur s'exalte
Au vacarme abasourdissant
Que le marteau rebondissant
Fait sur le tas retentissant.

Battez chaud ! hardi !... Halte.

Le fer en s'allongeant a changé de couleur.
Alerte ! à vos étaux ! serrez dans leurs mâchoires
Ses tronçons palpitant d'une sourde chaleur.
De vos fronts basanés, le dos de vos mains noires
Vient de faire tomber des gouttes de sueur :
Ne laissez pas glacer sur vos brunes poitrines
Ces perles, de cristal ruisselants chapelets.
Alerte, enfants ! râpez le ventre et les échines
          De ces vivaces carrelets.
C'est le tour de la lime à produire ses œuvres.
          Impitoyables écorcheurs,
          Jusqu'au vif râpez ces couleuvres !
Vous n'êtes point encor au bout de vos labeurs.
Attaquez, en grinçant, leurs peaux et leur écaille,
Et faites-les jaillir en brûlante limaille !
Bien, enfants ! Est-ce fait ? Rallumez les fourneaux :
Que le soufflet grognard gonfle encor ses naseaux,
Et, se battant les flancs, dans le creux de la forge

Par sa trompe de fer en grondant se dégorge.

Attention! chauffez la pièce et les paquets;

Vous allez de la trempe accomplir le mystère :

Vivement! éteignez, étouffez le tonnerre

Sous les bouillons de l'eau fétide des baquets.

Maintenant à la meule! apportez-y vos lames,

Il ne vous reste plus, et ce sont là des jeux,

Qu'à donner une robe et le fil à ces dames.

Mais voyez donc : quels reins! quel corps souple, ner-

Ne vous semble-t-il pas sentir leur fine taille   [veux!

Ployante, et frissonner sous le pouce amoureux?

    Cela promet pour un jour de bataille :

Des caresses d'acier et des baisers stridents!...

Ceux qui viendront y mordre y briseront leurs dents.

Mais vos sueurs ont dû tremper aussi vos âmes :

Ne vous sentez-vous pas des cœurs plus résolus?

    Les armes ne vous manquent plus :

    Faites vos adieux à vos femmes.

A nous les tabliers de peau !
A nous l'enclume et le marteau !
Noirs enfants d'Antoine et Marceau ,
Compagnons au teint de basalte,
Avec le fer votre instrument,
Avec le feu votre élément ,
Jetez-vous dans le tremblement.
C'est au feu que le cœur s'exalte!
En marche! portez-y l'effort
Et les puissants coups d'un bras fort :
Dans la victoire ou dans la mort,
    Après!... nous ferons halte !

Mais là-bas flotte et passe un étendard :
    C'est la garde nationale,
    Mêlée à la troupe, qui part.
Écoutez! écoutez! l'on bat la générale ;
J'entends la *Marseillaise* et le *Chant du départ.*

Que veulent dire aussi ces nouvelles allures?
    Pourquoi ces étranges rumeurs?
Ces torches éclairant d'imposantes figures
Aux sinistres reflets de leurs chaudes lueurs,
    Ces panaches aux trois couleurs
    Et ces tricolores ceintures?

Ces hérauts tout chargés de flottants oripeaux
Sont les municipaux qui font en grande pompe,
    Avec renfort de tambours et de trompe,
Des proclamations à cheval, aux flambeaux.

Écoutez! écoutez! ils parlent. Leur voix grave
    Comme celle des muezzins,
Frappe l'esprit du peuple, y pénètre et s'y grave :
    On dirait de vivants tocsins.

    Ils parlent; et sur la foule
Qui se rue autour d'eux, se presse, se déroule,
    Et sur leurs pas court se ranger,

Leurs bouches font tomber, lentes et solennelles,
    Les paroles sacramentelles
D'un décret déclarant la patrie en danger.

   Et le canon tire un coup d'heure en heure.
Ces coups, signaux d'appel par les vents emportés,
S'en vont donner l'éveil au brave en sa demeure,
    Ainsi qu'aux lâches voluptés.

Et les cloches en branle à ce canon d'alarme
Mêlent de leur tocsin le lamentable bruit;
Tandis que du bourdon, dans l'effroi de la nuit,
Tombe un coup isolé comme une grosse larme.

Et tous ces roulements, ces lugubres accords
    Semblent, dans l'horreur des ténèbres,
    Des râles et des glas funèbres
Conviant les vivants à la fête des morts!

Et quand le coq salue avec son cri sonore
L'ère républicaine au lever de l'aurore,

Sur les quais, sur les ponts, dans tous les carrefours,
S'élèvent, sous la flamme et sous la banderole,
Des échaufauds grossiers où le peuple s'enrôle
A d'informes bureaux dressés sur des tambours.

Voilà le temple ouvert aux offres de services ;
   Voilà l'autel où viennent s'accomplir
     Les plus généreux sacrifices.
Voilà les livres saints que brûlent de remplir
La foule des profès et celle des novices !

C'est une noble fièvre ! on veut être soldat ;
On a soif de grossir l'intrépide cohorte.
On se presse, on se foule, on se pousse, on s'y porte,
Et c'est un branle-bas général de combat.

— Tous les amis s'en vont : je pars ; adieu, mon père !
— Va, mon fils, suis l'élan de ton cœur ;
Va, tu fais ton devoir. — Je pars ; adieu, ma sœur.
— Dieu nous sauve et vous garde, mon frère !

— Consolez-vous : l'enfant vous reviendra d'ailleurs
Grand comme un homme, avec des jours meilleurs.
        — Oui, s'il revient !... disait la mère,
Qui voulait être forte, et, faible en ses douleurs,
Mourante se pendait à son cou toute en pleurs !

    Puis il partait ; et toute la jeunesse
        Suivait ce noble mouvement.
C'était à qui ferait preuve de dévoûment,
Emporté par le flot de la commune ivresse.

    C'était à qui prendrait son tour :
Par d'inhabiles mains, la veille désarmées,
Quinze mille fusils furent pris en un jour.
Un an après, la France avait quatorze armées !

Et puis, encore après, pendant vingt ans d'efforts,
Elle ne compta plus ses blessés ni ses morts,
        Ses sacrifices ni ses peines.
A force d'enfanter elle épuisa son flanc.

Quand on lui demandait son sang,
Sans pousser une plainte elle s'ouvrait les veines.
Et ce sang généreux
Qui s'écoulait de son cœur aux frontières,
Par ses grand' routes ses artères,
Comme un fleuve majestueux
Allait se perdre, au vent niveleur des mitrailles,
Flot par flot emporté,
Dans l'océan sans fond de nos grandes batailles
Et les champs infinis de l'immortalité.

La paix, la paix sans doute est belle;
Elle est la terre, elle est le port
Où tend le marin sur son bord;
Elle est la morale éternelle.

Mais quand l'homme devient soldat,
Son cœur se révèle : il s'enflamme,
Il élève et trempe son âme
Aux émotions du combat.

Quelle fortune et quelle vie
Que celles de nos généraux !
Quels noms !... ceux de nos maréchaux !
Quelle devise !... honneur ! patrie !

Vous n'êtes plus, Hoche, Marceau,
Dumouriez, Kellermann, Dampierre,
Qu'un peu de cendre sous la pierre !
Jourdan, Desaix, Kléber, Moreau !

Vous n'êtes plus, Masséna, Lannes,
Suchet, Davoust au cœur de roc,
Ney, Murat, Bessière et Duroc !
Mais vous survivez dans vos mânes.

Et vous, avant le temps, comme eux
Conscrits vieillis par vos blessures,
Enfants qui passiez sans murmures
Du baptême à la fin des preux !

1792.

Génération grande et forte
De vieux soldats tous rayonnants,
Aux plaines des trois continents
Naguère descendue... et morte!

Vous qui n'avez pour monuments,
Pour couvrir vos lignes géantes,
Que l'engrais des fosses béantes
Où blanchissent vos ossements!

Là-bas, mélancolique et sombre,
De Sainte-Hélène, à l'horizon,
Dans sa pourpre, Napoléon
Sur vous projette sa grande ombre.

Il se lève... et vous défilez
Aux époques anniversaires,
Avec vos pompes funéraires
A vous!... vos membres mutilés;

Avec vos tambours, vos timbales,
Vos drapeaux déchirés, flétris,
Vos aigles et vos coqs meurtris,
Vos étendards criblés de balles ;

Vos uniformes tout poudreux,
Vos insignes, et ces visages
Brunis au vent de tant d'orages,
Et mis au bronze à tant de feux !

Oh ! laissez-moi de vos services,
Au pas, avec vos bataillons,
En marchant, compter les chevrons,
De l'œil sonder vos cicatrices.

Le lait de la gloire est tari :
Je ne reverrai plus cet âge
Où je buvais son doux breuvage
Avec celui qui m'a nourri.

Age d'honneur, dans sa misère !
Où, pauvre enfant, tous les matins
Je dépensais en bulletins
Le sou que me donnait ma mère ;

Car je me suis laissé lier
A la fortune de la France
Par mes impressions d'enfance,
Comme un lierre à son peuplier.

Aussi j'écoute ; et dans la plaine
J'entends résonner vos clairons ;
Le galop de vos escadrons...
Et j'en ai l'oreille encor pleine.

Comme aux beaux jours des lendemains
De tant de fameuses journées,
J'assiste encore aux destinées
De vos triomphes surhumains.

Ah ! tant qu'avec un peu d'haleine
Je garderai quelque chaleur,
Tant qu'un seul battement du cœur
Poussera mon sang dans ma veine,

Vieux comme Homère, si je peux,
De vos noms et de votre gloire
Je dirai l'héroïque histoire
Et la légende à vos neveux !

9 782019 276577